b small publishing

Lucie Chat à la plage

Lucy Cat at the beach

Catherine Bruzzone • Illustré par Clare Beaton
Traduction française de Marie-Thérèse Bougard

Catherine Bruzzone • Illustrated by Clare Beaton
French translation by Marie-Thérèse Bougard

1 La chambre de Lucie Chat.

C'est vendredi.

2

Lucie s'habille.

3

Il fait chaud.

1 Lucy Cat's bedroom.

2

3

It's Friday.

Lucy's getting dressed.

It's hot.

Voici la maman de Lucie.

Il est tard.

This is Lucy's Mum.

It's late.

Elles vont à la plage.

Maman aide Lucie.

They're going to the beach.

Mum helps Lucy.

Lucie met un manteau.

Lucy puts on a coat.

Lucie met une robe.

Lucy puts on a dress.

Lucie met un pantalon.

Lucy puts on some trousers.

22 — Voici mon seau.

Lucie prend le seau.

23 — Voici ma pelle.

Lucie prend la pelle.

24 — Voici le pique-nique.

Maman prend le pique-nique.

22 — Here's my bucket.

Lucy takes the bucket.

23 — Here's my spade.

Lucy takes the spade.

24 — Here's the picnic.

Mum takes the picnic.

Elles s'ont vont.

Off they go.

Maman s'assoit.

Mum sits down.

Lucie fait un pâté de sable.

Lucie nage.

Lucy is swimming.

Lucie est en bateau.

Le requin est méchant.

The shark is fierce.

Les petits enfants nagent.

Le requin nage vite.

The shark swims fast

La mouette a peur.

Le crabe a peur.

Les poissons ont peur.

The seagull is frightened.

The crab is frightened.

The fish are frightened.

Lucie tire les petits enfants dans le bateau.

Lucie sauve les petits enfants.

Lucy pulls the little children into the boat.

Lucy saves the little children.

Le requin s'en va.

Les petits enfants sont contents.

The shark goes away.

The little children are happy.

Lucie mange une grosse glace.

Lucy eats a big ice-cream.

Mots-clefs · Key words

le chat *ler shah* — cat	**il fait chaud** *eel feh show* — it's hot	**maman** *ma-moh* — mum	**la plage** *lah plah-sh* — beach	**le manteau** *ler mon-to* — coat	**la robe** *lah rob* — dress
grand *grohn* — big	**le pantalon** *ler ponta-loh* — trousers	**petit** *p'tee* — small	**le tee-shirt** *ler tee-shairt* — T-shirt	**le short** *ler short* — shorts	**les sandales** *les son-dal* — sandals
le chapeau *ler shap-o* — sunhat	**les lunettes de soleil** *leh lunet der soleh* — sunglasses	**le seau** *ler so* — bucket	**la pelle** *lah pel* — spade	**le pique-nique** *ler peek-neek* — picnic	**la mer** *lah mair* — sea
le pâté de sable *ler pateh der sabl'* — sandcastle	**le bateau** *ler bat-o* — boat	**qu'est-ce que c'est?** *kesker seh* — what's that?	**le requin** *ler reh-kah* — shark	**nager** *nah-sheh* — swim	**attention!** *atoh-see-oh* — watch out!
la mouette *lah moo-et* — seagull	**le crabe** *ler krab* — crab	**le poisson** *ler pwas-oh* — fish	**content/contente** *kon-toh/kon-tont* — happy	**merci** *mair-see* — thank you	**la glace** *lah glas* — ice-cream